OS PESTES

APRESENTANDO

Sr. Peste

Sra. Peste

Pássaro Perna-Gorda

Família Simão

ROALD DAHL
OS PESTES

Ilustrado por Quentin Blake

Tradução
Luara França

1ª edição

GALERA
—**junior**—
RIO DE JANEIRO
2025

REVISÃO
Julia Moreira
Fábio Gabriel Martins

TÍTULO ORIGINAL
The Twits

ILUSTRAÇÕES DE CAPA E MIOLO
Quentin Blake

CIP-BRASIL. CATALOGAÇÃO NA PUBLICAÇÃO
SINDICATO NACIONAL DOS EDITORES DE LIVROS, RJ

D129p   Dahl, Roald
        Os pestes / Roald Dahl ; ilustração Quentin Blake ; tradução Luara França. -
1. ed. - Rio de Janeiro : Galera Júnior, 2025.

        Tradução de: The twits
        ISBN 978-65-84824-45-4

        1. Ficção. 2. Literatura infantojuvenil inglesa. I. Blake, Quentin.
II. França, Luara. III. Título.

25-97652.0   CDD: 808.899282
                              CDU: 82-93(410.1)

Gabriela Faray Ferreira Lopes - Bibliotecária - CRB-7/6643

First published by Jonathan Cape 1980
Published by Puffin Books 1982

Copyright do texto © The Roald Dahl Story Company Ltd, 1980
Copyright das ilustrações © 1980 Quentin Blake
Os direitos morais de Roald Dahl e Quentin Blake foram assegurados.
ROALD DAHL é uma marca da The Roald Dahl Story Company Ltd.
www.roalddahl.com

Todos os direitos reservados.
Proibida a reprodução, no todo ou em parte, através de quaisquer meios.
Os direitos morais da autora foram assegurados.

Texto revisado segundo o Acordo Ortográfico da Língua Portuguesa de 1990.

Direitos exclusivos de publicação em língua portuguesa somente para o Brasil adquiridos
pela
EDITORA GALERA RECORD LTDA.
Rua Argentina, 120 – Rio de Janeiro, RJ - 20921-380 - Tel.: (21) 2585-2000,
que se reserva a propriedade literária desta tradução.

Impresso no Brasil

ISBN 978-65-84824-45-4

Seja um leitor preferencial Record.
Cadastre-se e receba informações sobre nossos
lançamentos e nossas promoções.

Atendimento e venda direta ao leitor:
sac@record.com.br

Para Emma

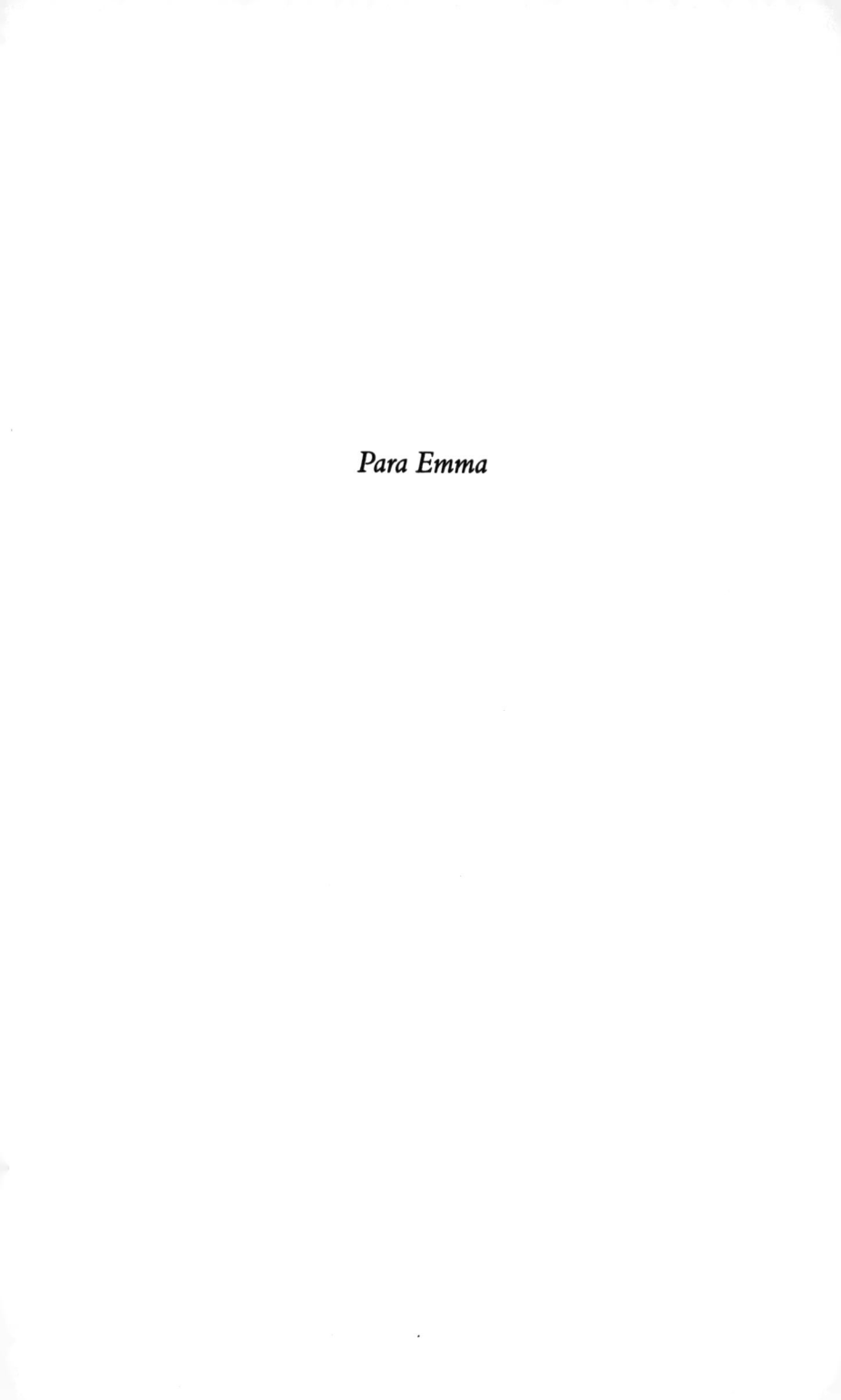

CARAS PELUDAS

Quantos homens barbados por aí hoje em dia! Quando um homem deixa a barba crescer, é impossível saber que cara ele tem de verdade.

Talvez seja justamente esse o objetivo. Ele prefere que você não saiba.

E ainda tem o problema da limpeza.

Quando o bem barbudo lava o rosto, deve ser tão trabalhoso quanto lavar os cabelos.

Então o que eu quero saber é o seguinte: com que frequência esses barbudos lavam o rosto? Uma vez na semana, como nós, nas noites de domingo?

E eles passam **XAMPU**?

Eles secam com **SECADOR**?

Eles passam **TÔNICO** para a cara não ficar careca?

Eles vão ao barbeiro aparar **A BARBA** ou eles cortam com a tesourinha de unha olhando o espelho do banheiro?

Não sei. Mas da próxima vez que você vir um homem com rosto peludo (o que provavelmente acontecerá assim que sair à rua), talvez você olhe para ele mais de perto e comece a se perguntar algumas dessas coisas.

O SR. PESTE

O Sr. Peste é um desses homens de cara peluda. A cara dele é toda coberta de pelos, menos a testa, os olhos e o nariz. O cabelo sai até das narinas e dos buracos da orelha.

O Sr. Peste achava que essa cabeleira o fazia parecer terrivelmente sábio e grandioso. Mas, na verdade, ele não era nenhuma dessas coisas.

O Sr. Peste era um **PESTE**.

Ele nasceu peste.

E agora, aos 60 anos de idade, ele estava **MAIS PESTE DO QUE NUNCA**.

O SR. PESTE

A barba do Sr. Peste não era sedosa e penteada, como a da maioria dos homens barbudos. Ela era espetada e arrepiada como as cerdas de uma escovinha de limpeza.

E com que frequência o Sr. Peste lavava essa cara cheia de cerdas de escova?

A resposta é NUNCA, nem mesmo aos domingos.

Ele não lavava a cara há anos.

BARBAS SUJAS

Como vocês sabem, um rosto comum, sem barba, como o seu ou o meu, fica apenas meio sujinho se não for lavado, e isso não é tão ruim assim.

Mas uma cara peluda é bem diferente. As coisas **GRUDAM** nos pelos, principalmente comida. Molho de carne escorre pela barba e fica por lá. Você e eu podemos limpar nossas caras lisas com um guardanapo de tecido e logo ficamos mais ou menos apresentáveis novamente, mas não um homem barbudo.

Se tivermos cuidado, também conseguimos comer sem sujar a cara toda de comida. Mas não um homem barbado. Da próxima vez que você vir um homem peludo almoçando preste atenção e vai perceber que, mesmo que ele abra MUITO a boca, é impossível enfiar nela uma colherada generosa de ensopado ou sorvete com calda de chocolate sem que escorra um pouco na barba.

O Sr. Peste nem se preocupava em abrir bem a boca quando comia. Por isso (e porque ele nunca lavava a cara) sempre tinha centenas de pedacinhos de cafés da manhã, almoços e jantares grudados na barba dele.

Veja bem, não eram pedaços grandes, porque ele costumava passar o dorso da mão ou a manga da ca-

misa na boca para se livrar dos maiores. Mas se você olhasse de perto (não que desse vontade de fazer isso), enxergaria os pedacinhos pequenininhos de ovos mexidos ressecados,

ESPINAFRE

KETCHUP

ISCA DE PEIXE

PATÊ DE FÍGADO DE FRANGO

e todas as coisas nojentas que o Sr. Peste gostava de comer.

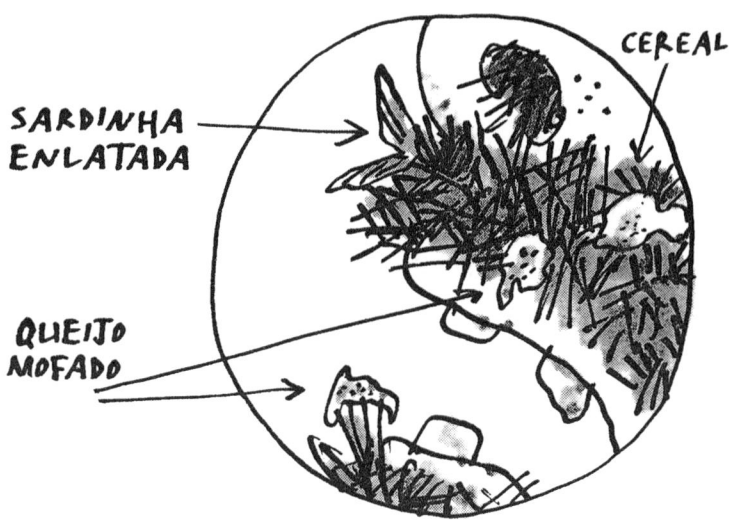

Se você olhasse ainda mais de perto (tapem o nariz, senhoras e senhores), se você examinasse os pelinhos do bigode em cima do lábio, provavelmente veria pedaços ainda maiores que escaparam da passada de mão, coisas que estão presas lá há meses, como um pedaço de queijo estragado, um cereal mofado ou ainda o rabinho seboso de uma sardinha.

Por causa disso, o Sr. Peste nunca sentia muita fome. Era só colocar a língua pra fora e **EXPLORAR**

OS CANTINHOS DA FLORESTA de pelos em volta da boca, que sempre achava um lanchinho para enganar o estômago.

O que estou tentando dizer para vocês é que o Sr. Peste era um velho sujo e fedorento.

Ele também era muito terrível, como vocês logo vão descobrir.

A SRA. PESTE

A Sra. Peste não era melhor que o marido. É óbvio que ela não tinha a cara peluda. O que era até uma pena, porque se tivesse, a barba esconderia um pouco da feiura de meter medo.

DÊ UMA OLHADA NELA.

Já viu uma mulher mais feia do que essa?

Duvido. Mas o curioso é que a Sra. Peste não nasceu feia. Quando era mais nova, ela tinha um rosto bem simpático. A feiura foi aumentando **ANO** após **ANO**, conforme ela ia envelhecendo.

Por que isso aconteceu? Vou contar.

Se alguém tem pensamentos feios, isso começa a aparecer no rosto dela. E, quando alguém tem pensamentos feios todos os dias, todas as semanas, todos os meses, todos os anos, a cara vai ficando cada vez mais feia, até ficar tão horrorosa que quase ninguém consegue olhar.

Uma pessoa com pensamentos bons nunca fica feia. Você pode ter o

NARIZ ESQUISITO

a **BOCA** TORTA

e **DENTE DE COELHO,**

mas se tiver pensamentos bons, eles vão BRILHAR em seu rosto como raios de sol, e você sempre vai parecer bonito.

Nada brilhava no rosto da Sra. Peste.

Ela carregava uma bengala na mão direita. Dizia que precisava da bengala por causa das verrugas que tinha na sola do pé esquerdo, que faziam doer seu caminhar. Mas a verdade era que ela andava de bengala para bater em tudo que podia, em cachorros, gatos e crianças.

E ainda tinha o olho de vidro. A Sra. Peste tinha um olho de vidro que estava sempre olhando para o lado errado.

O OLHO DE VIDRO

Dá para fazer muitas pegadinhas com um olho de vidro, porque dá para tirar e COLOCAR ele do lugar na hora em que quiser. E vocês podem ter certeza de que a Sra. Peste conhecia todas as pegadinhas possíveis.

Certa manhã, ela tirou o olho de vidro e colocou na caneca de cerveja do Sr. Peste, sem ele nem perceber.

O Sr. Peste estava bebendo a cerveja devagar. A espuma deixou um círculo branco em volta de sua boca. Ele limpou os lábios com a manga da camisa e depois limpou a manga na calça.

— Você está tramando alguma coisa — disse a Sra. Peste, de costas, para que ele não visse que faltava um olho no rosto dela. — Quando fica quieto assim, sei que está tramando alguma coisa.

A Sra. Peste tinha razão. O Sr. Peste estava tramando mesmo. Estava se esforçando muito para elaborar uma **PEGADINHA BEM CRUEL** para a esposa.

— Melhor tomar cuidado, porque quando vejo que está tramando, fico de olho em você como uma coruja — disse a Sra. Peste.

O OLHO DE VIDRO

—AH, CALA A BOCA, SUA BRUXA VELHA—

respondeu o Sr. Peste.

Ele continuou bebendo a cerveja, e sua mente malévola continuou pensando na pegadinha horrenda que pregaria na esposa.

De repente, o Sr. Peste deu o último gole na cerveja e viu o olho medonho da Sra. Peste encarando-o do fundo da caneca.

ELE DEU UM **PULO.**

— Eu avisei que estava de olho em você — disse a Sra. Peste, gargalhando. — Meus olhos estão por toda parte, então é melhor você tomar cuidado.

O SAPO

Para se vingar do olho de vidro na cerveja, o Sr. Peste resolveu que colocaria um sapo na cama da Sra. Peste.

Pegou um grandão no laguinho e levou para casa escondido, em uma caixa.

Naquela noite, quando a Sra. Peste estava no banheiro se preparando para dormir, o Sr. Peste colocou o sapo embaixo das cobertas. Depois foi deitar em sua própria cama e ficou esperando a diversão começar.

A Sra. Peste saiu do banheiro, deitou na cama e apagou a luz. Ficou lá, no escuro, coçando a barriga. Velhas sujas como ela sempre tinham coceira na barriga.

Então, de repente, ela sentiu algo gelado e pegajoso subindo pelos seus pés.

E GRITOU.

— Qual é o seu problema? — perguntou o Sr. Peste.

— Me ajuda! — gritou a Sra. Peste, pulando. — Tem alguma coisa na minha cama!

— Aposto que é a centopeia voadora enorme que vi no chão agorinha — respondeu o Sr. Peste.

— É *o quê?*

— Tentei matar, mas ela fugiu. Os dentes parecem chave de fenda!

— Me ajuda! — gritou a Sra. Peste.

—ME SALVA!

ESTÁ SUBINDO NO MEU PÉ!

— Ela vai arrancar seus dedos — respondeu o Sr. Peste.

A SRA. PESTE DESMAIOU.

O Sr. Peste levantou da cama e pegou uma jarra de água fria. DERRAMOU A ÁGUA TODA na cabeça da Sra. Peste para que ela acordasse. O sapo escapou por baixo dos lençóis para se aproximar da água e começou a PULAR no travesseiro. Sapos adoram água. Aquele sapo estava se divertindo muito.

O SAPO

Quando a Sra. Peste acordou, o sapo tinha acabado de pular no rosto dela. Não é legal que esse tipo de coisa aconteça com quem está dormindo.

ELA GRITOU DE NOVO.

— Ai não, é *mesmo* uma centopeia voadora gigante! — disse o Sr. Peste. — Vai devorar o seu nariz.

A Sra. Peste deu um pulo para fora da cama, desceu a escada correndo e passou a noite no sofá. O sapo dormiu no travesseiro dela.

MACARRÃO DE MINHOCA

No dia seguinte, para se vingar do Sr. Peste pela pegadinha do sapo, a Sra. Peste foi até o jardim de fininho e desenterrou algumas minhocas. Escolheu as maiores, colocou em uma latinha e levou para casa debaixo do avental.

Quando deu uma da tarde, ela fez macarrão para o almoço e misturou as minhocas, mas apenas no prato do marido. Não dava para ver as minhocas muito bem porque tudo estava coberto de molho de tomate e queijo.

— **EI, MEU MACARRÃO ESTÁ SE MEXENDO!** — gritou o Sr. Peste, afastando a comida com o garfo.

— É um tipo novo de macarrão — explicou a Sra. Peste, enquanto dava uma boa garfada do próprio prato que, claro, não tinha nenhuma minhoca. — Eles chamam de
ESPAGUETE ESPANTADO.
É muito gostoso. Coma enquanto ainda está quente.

O Sr. Peste começou a comer, girando o garfo para enrolar os fios cobertos de molho de tomate e enfiar tudo na boca. Logo, o queixo cabeludo estava cheio de molho de tomate.

— Não é tão bom quanto o comum — disse ele, falando de boca cheia. — É muito molengo.

— Eu acho muito saboroso — respondeu a Sra. Peste.

Ela o observava do outro lado da mesa. Era um prazer vê-lo comendo minhocas.

— Estou achando um pouco amargo — disse ele.
— O sabor é mesmo bem amargo. Compre o outro tipo da próxima vez.

A Sra. Peste esperou até que o marido tivesse comido tudinho. Só então disse:

— Sabe por que o seu macarrão estava molengo?

MACARRÃO DE MINHOCA

O Sr. Peste limpou o molho de tomate da barba com a ponta da toalha.

— Por quê? — perguntou ele.

— **PORQUE ERAM MINHOCAS!**

— gritou a Sra. Peste, batendo palmas, batendo os pés no chão e balançando a cadeira de um lado para o outro de tanto rir uma risada horrível.

A BENGALA MALUCA

Para se vingar da Sra. Peste pelas minhocas no macarrão, o Sr. Peste bolou uma pegadinha muito inteligente e desagradável.

Certa noite, quando a velha estava dormindo, ele saiu da cama e levou a bengala dela para a oficina no andar DE BAIXO. Lá, ele colou uma rodelinha de madeira (não mais grossa do que uma moeda de um centavo) na ponta da bengala.

A BENGALA MALUCA

Isso fez com que a bengala ficasse mais longa, mas a diferença era tão pequena que a Sra. Peste não percebeu nada no dia seguinte.

Na outra noite, o Sr. Peste colocou mais uma rodelinha de madeira. Toda noite, ele se esgueirava até a oficina e colocava mais um pedacinho de madeira na ponta da bengala. Fazia com tanto cuidado que os novos pedacinhos pareciam já fazer parte da bengala antes.

Pouco a pouco, bem devagarinho mesmo, a bengala da Sra. Peste foi ficando **CADA VEZ MAIS LONGA.**

Veja bem, é quase impossível perceber quando algo cresce devagar. Você, por exemplo, todo dia cresce um pouquinho, mas não está nem percebendo, não é? É tão devagarinho que você nem se dá conta da diferença de uma semana para a outra.

Foi o que aconteceu com a bengala da Sra. Peste. Aconteceu tão devagar, tão aos pouquinhos, que ela não reparou como a bengala estava maior mesmo quando já estava chegando na altura do ombro dela.

— Essa bengala é grande demais para você — disse o Sr. Peste.

— É mesmo! — respondeu ela, observando a bengala. — Eu estava achando mesmo que tinha alguma coisa errada com ela, mas não conseguia descobrir o que era.

— Tem mesmo algo errado — concordou o Sr. Peste, se divertindo.

— O que será que aconteceu? — perguntou a Sra. Peste, encarando a bengala. — Parece que cresceu.

— Não seja boba! — disse o Sr. Peste. — Como que uma bengala vai crescer? É feita de madeira morta, não é? Madeira morta não cresce.

— Então como é que isso foi acontecer? — gritou a Sra. Peste.

— Não é a bengala, é *você* — respondeu o Sr. Peste, com um sorriso horrível. — É *você* que está *diminuindo*! Eu já estava reparando nisso.

— Não é verdade!

—VOCÊ ESTÁ ENCOLHENDO, MULHER!

— Isso é impossível!

— Ah, mas é isso. Você está encolhendo, e rápido! Você está encolhendo *bem* rápido! Olha só, você deve ter encolhido pelo menos um metro nos últimos dias!

— Nem pensar! — gritou ela.

A BENGALA MALUCA

— Claro que sim! Olhe para a sua bengala, sua burra velha, e olhe o seu tamanho em comparação a ela! Você está com *encolhimento*, é isso que você tem!

VOCÊ TEM O
TERRÍVEL
ENCOLHIMENTO!

A Sra. Peste começou a se sentir tão tonta que precisou se sentar.

A SRA. PESTE TEM O ENCOLHIMENTO

Assim que a Sra. Peste se sentou, o Sr. Peste apontou para a esposa e gritou:

— Olha só! Você sentou na mesma cadeira de sempre, e já encolheu tanto que seus pés nem tocam mais o chão!

A Sra. Peste olhou para baixo e, pelos céus, o homem tinha razão. Os pés não alcançavam mais o chão.

Vejam bem vocês, o Sr. Peste tinha sido astuto com a cadeira, igualzinho ao caso da bengala. Toda vez que ia até a oficina para colar uma rodelinha de madeira na bengala, ele colocava também na cadeira.

— Olha só para você, sentou na mesma cadeira de sempre e encolheu tanto que seus pés estão balançando no ar! — exclamou ele.

A SRA. PESTE FICOU PÁLIDA DE MEDO.

— Você pegou ENCOLHIMENTO! — continuou o Sr. Peste, apontando os dedos para ela como se fossem uma pistola. — É um caso grave! O mais grave que eu já vi!

A Sra. Peste ficou tão assustada que começou a tremer. Mas o Sr. Peste, que ainda se lembrava das minhocas no macarrão, não sentiu pena alguma dela.

— Acho que você sabe o que *acontece* quando alguém pega a doença do encolhimento, certo? — perguntou ele.

— O quê? O que acontece?

— A CABEÇA ENCOLHE

para dentro do **PESCOÇO**...

E o **PESCOÇO ENCOLHE**

para dentro do **CORPO**...

E o **CORPO ENCOLHE**

para dentro das **PERNAS**...

E as **PERNAS ENCOLHEM**

para dentro dos **PÉS**.

E no final, sobra apenas um par de sapatos e uma pilha de roupas.

— Não sei se aguento uma coisa dessa! — exclamou a Sra. Peste.

— É uma doença terrível. A pior do mundo.

— Quanto tempo eu tenho? Quanto tempo tenho antes que eu acabe em uma pilha de roupas velhas e um par de sapatos?

O Sr. Peste fez uma cara séria antes de responder, balançando a cabeça bem tristonho:

— Na velocidade que está encolhendo, eu diria que não dura mais de dez ou onze dias.

— Não dá para fazer *alguma* coisa? — choramingou a Sra. Peste.

— Só existe uma cura para essa doença — respondeu o Sr. Peste.

— Me diga! Ah, me diga logo! — gritou a Sra. Peste.

— Vamos ter que nos apressar!

— Estou pronta. Vamos ser rápidos! Eu faço qualquer coisa que você mandar!

— Você não vai durar muito se não obedecer — respondeu o Sr. Peste, dando mais um sorriso macabro.

— O que eu preciso fazer? — gritou a Sra. Peste, agarrando as próprias bochechas.

— Você precisa ser
ESTICADA
— disse o Sr. Peste.

A SRA. PESTE É ESTICADA

O Sr. Peste levou a Sra. Peste para fora da casa, onde tudo estava pronto para o esticamento.

Ele comprou cem bexigas e muitas linhas.

Ele providenciou um cilindro de gás para encher as bexigas.

Ele prendeu um anel de ferro no chão.

— Fique aqui — disse ele, apontando para o anel de ferro.

Depois, ele amarrou a Sra. Peste no anel pelos tornozelos.

Quando terminou, começou a encher as bexigas com o gás. Cada bexiga estava presa a uma linha comprida, e tentava alçar voo. O Sr. Peste então amarrou a outra ponta da linha na parte de cima do corpo da Sra. Peste. Algumas foram amarradas no pescoço, outras nos braços, outras nos punhos e algumas até no cabelo.

Cinquenta bexigas coloridas voavam em volta da cabeça da Sra. Peste.

— Está sentindo o esticamento? — perguntou o marido.

— ESTOU! ESTOU!

— gritou a esposa. — Estão me esticando muito.

O Sr. Peste amarrou mais dez bexigas ao corpo dela. Elas a puxavam para cima com força.

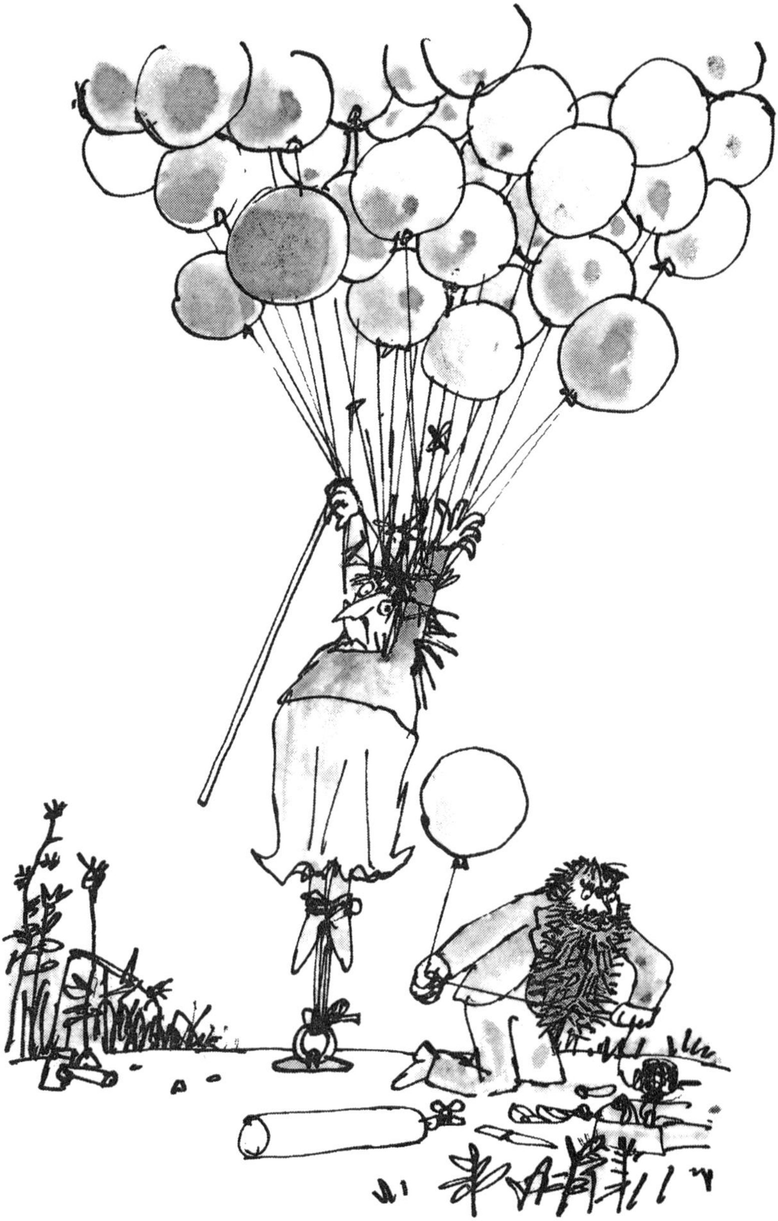

A Sra. Peste não tinha o que fazer. Os pés estavam presos ao chão e os braços sendo puxados para cima pelas bexigas, ela não conseguia se mexer. Estava presa. O Sr. Peste pretendia ir embora e deixar a Sra. Peste naquela posição por alguns dias e algumas noites, para dar uma lição nela. Na verdade, ele estava quase indo embora quando a Sra. Peste abriu a boca e disse algo que não devia:

— Tem certeza de que meus pés estão presos no chão? Se essas linhas que estão nos meus tornozelos se romperem, já era!

E isso deu uma ideia malvada ao Sr. Peste.

A SRA. PESTE VAI EMBORA PELO CÉU

— Essas bexigas vão me levar até a lua! — gritou a Sra. Peste.

— Até a *lua*! — exclamou o Sr. Peste. — Que péssima ideia! Não gostaríamos que uma coisa dessa acontecesse, óbvio que não, minha querida!

— Não mesmo! Amarre mais algumas linhas nos meus tornozelos, rápido! Quero me sentir segura!

— Pode deixar, meu anjinho — respondeu o Sr. Peste, com um sorriso malvado, enquanto se ajoelhava perto dos pés dela.

Ele tirou a faca do bolso e rapidinho cortou as linhas que prendiam os tornozelos da Sra. Peste ao anel de ferro.

ELA SAIU VOANDO COMO UM FOGUETE.

— Me ajuda! Me salva! — gritou ela.

Mas, já não havia como salvar a Sra. Peste. Em poucos segundos ela estava longe no céu azul, e subia cada vez mais.

O Sr. Peste ficou lá embaixo, olhando.

— Que *bela* vista! — disse ele, baixinho. — Que bonito todas essas bexigas no céu! E que sorte eu tive! Finalmente essa bruxa velha foi embora de vez.

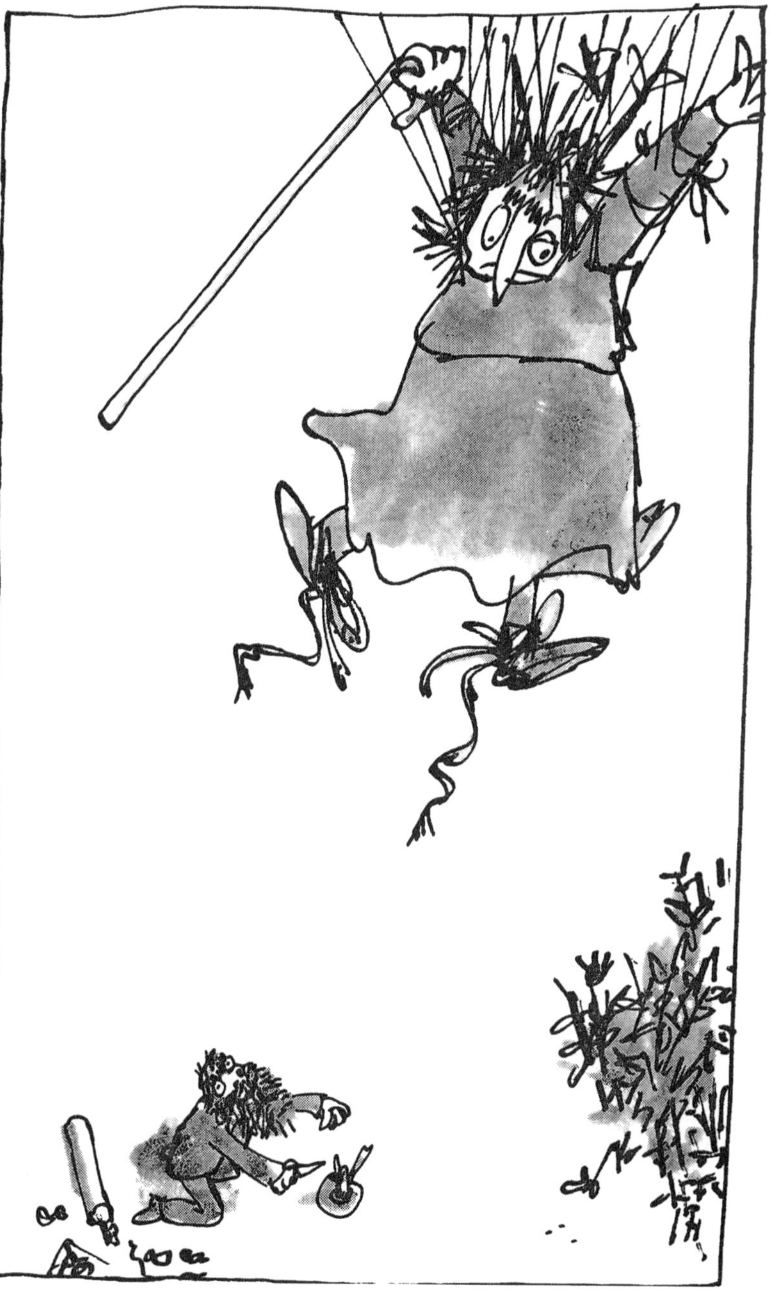

A SRA. PESTE VOLTA DO CÉU

A Sra. Peste podia ser feia, até horrorosa, mas ela não era boba.

Lá no alto do céu, ela teve uma ideia brilhante.

— Se eu conseguir me livrar de algumas bexigas, vou parar de subir e começar a **DESCER** — falou para si mesma.

Então, ela começou a morder as linhas que amarravam as bexigas aos seus punhos, braços, pescoço e cabelo. Cada vez que uma mordida cortava uma linha, um balão se soltava, o puxão diminuía, e o ritmo da subida também.

A SRA. PESTE VOLTA DO CÉU

Depois de morder vinte linhas, ela parou de subir. Ficou parada no ar.

Ela mordeu mais uma.

BEM,

BEM

DEVAGARINHO,

ELA COMEÇOU

A DESCER.

Era um dia calmo. Não tinha vento. Por isso, a Sra. Peste havia subido em linha reta. E naquele momento ela também descia em linha reta.

Enquanto descia flutuando com delicadeza, sua anágua inflou como se fosse um paraquedas, deixando suas ceroulas à mostra. Era uma vista e tanto em um dia tão belo, e milhares de pássaros vieram voando de muito longe para ver a extraordinária velha no céu.

O SR. PESTE TOMA UM SUSTO HORRÍVEL

O Sr. Peste, que achou que jamais veria a esposa de novo, estava sentado no jardim, comemorando, com uma caneca de cerveja na mão.

Bem quietinha, a Sra. Peste desceu flutuando pelo céu. Quando estava quase chegando ao telhado da casa, deu um grito, com toda a força:

— Aqui vou eu! Seu peixe fedorento! Seu repolho estragado! Seu peido velho!

O Sr. Peste deu um pulo, como se uma vespa gigante o tivesse picado.

O SR. PESTE TOMA UM SUSTO HORRÍVEL

Ele **DERRUBOU** a cerveja.
Olhou para CIMA.
Ficou **BESTA.**
Ficou BRANCO.
Ficou **BIRUTA.**

Ficou apenas balbuciando alguns sons.

OS PESTES

—ArHHHHHHHH!

ARGHHHHHHHH!
IXIHHHHHHHH!

— Você me paga! — gritou a Sra. Peste.

Ela estava voando bem em cima dele. Estava roxa de raiva e balançava a bengala para cima (era impressionante que ela tivesse passado tanto tempo segurando a bengala).

— Eu vou SUMIR com você **BEM SUMIDINHO!** — continuou a gritar ela.

— Vou QUEBRAR você **BEM QUEBRADINHO!** Vou PICAR você **BEM PICADINHO!**

E, antes que o Sr. Peste conseguisse fugir, aquele amontoado de bexigas, anágua e fúria caiu bem em cima dele, enchendo-o de pancadas com a bengala.

A CASA, A ÁRVORE E A GAIOLA DOS MACACOS

Mas vamos deixar isso para lá. Não podemos ficar assistindo essas duas pessoas detestáveis fazendo coisas detestáveis um com o outro. Precisamos seguir com a história.

A CASA, A ÁRVORE E A GAIOLA DOS MACACOS

Aqui está uma imagem da casa e do jardim do casal. Que casa! Parece uma prisão. Nem janela tem.

— Quem precisa de janelas? — perguntara o Sr. Peste durante a construção do palacete. — Quem quer todo fulano, cicrano e beltrano bisbilhotando o que você está fazendo?

Não passou pela cabeça dele que as janelas serviam mais para olhar **PARA FORA** do que **PARA DENTRO.**

E o que você acha desse jardim deprimente? A Sra. Peste era a jardineira. Ela era boa em cultivar plantas com espinhos e mato.

— Sempre deixo as plantas espinhosas e o mato crescerem, para manter aquelas crianças entronas e ensebadas bem longe daqui — dizia ela.

Perto da casa dava para ver a oficina do Sr. Peste.

Ao lado, temos a Grande Árvore Morta, que está sempre sem folhas porque já morreu.

E não muito distante da árvore, tem a gaiola dos macacos, com quatro macacos dentro. Pertence ao Sr. Peste. Vamos falar mais deles em breve.

COLA PEGA-FORTE

Toda quarta-feira os Pestes comem torta de passarinho no jantar. O Sr. Peste caçava os passarinhos e a Sra. Peste cozinhava.

O Sr. Peste era bom em caçar passarinho. Nos dias que antecediam o dia da torta, ele apoiava a escada na Grande Árvore Morta e subia com uma lata de cola e um pincel. Ele usava uma cola chamada pega-forte, que era mais grudenta do que qualquer outra cola do mundo. Ele espalhava a cola pelos galhos da árvore e depois ia embora.

Quando o sol se escondia, os pássaros vinham de toda parte para descansar na Grande Árvore Morta. Mas os pobrezinhos não sabiam que os galhos estavam todos lambuzados de cola pega-forte. Assim que eles pousavam, os pés ficavam grudados.

Na manhã seguinte, no dia da torta de passarinho, o Sr. Peste subia na escada de novo e pegava todos os pássaros azarados que tinham ficado grudados. Não importava a espécie —
TORDOS,
MELROS-PRETOS,
PARDAIS,
CORVOS,
PEQUENAS AVES DE RAPINA,
PISCOS-DE-PEITO-RUIVO,
qualquer um — na quarta-feira da torta de passarinho todos iam para a panela.

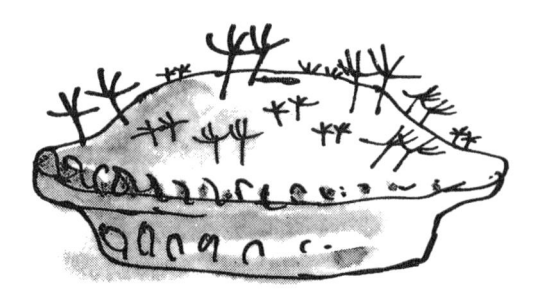

QUATRO GAROTOS COLANTES

Certa terça-feira, depois de o Sr. Peste ter usado a escada para passar a cola pega-forte na árvore, quatro garotos entraram de fininho no jardim para ver os macacos. Após um tempo, eles se cansaram de olhar os macacos, então decidiram dar uma volta pelo jardim, por isso acabaram encontrando a escada encostada na Grande Árvore Morta. Decidiram subir a escada, só por diversão.

Não tem nada de errado nessa atitude.

Na manhã seguinte, quando o Sr. Peste foi pegar os pássaros, encontrou quatro garotos cabisbaixos sentados na árvore, as calças deles grudaram nos galhos. Não tinha pássaro nenhum ali, porque a presença dos garotos havia assustados todos eles.

O Sr. Peste estava furioso.

— Já que não vou ter passarinho nenhum para a torta de hoje, vou ter que pegar *garotos*! — gritou ele, enquanto subia a escada. — Torta de garotinho deve ser melhor do que torta de passarinho — continuou ele, com um sorriso aterrorizante. — Tem mais carne e menos ossos pequenos!

OS GAROTOS ESTAVAM ATERRRORIZADOS.

— Ele vai cozinhar a gente! — gritou um deles.

— Ele vai cozinhar a gente vivo! — lamentou o segundo garoto.

— Vai nos cozinhar com cenouras! — berrou o terceiro.

Mas o quarto garoto, que tinha mais noção do que os outros, sussurrou:

QUATRO GAROTOS COLANTES

— Escutem, tive uma ideia. Apenas *nossas calças* estão presas. Então vamos logo! Desbotoem a calça e desçam logo daqui.

O Sr. Peste estava quase chegando ao topo da escada, prestes a alcançar o garoto mais próximo quando de repente os quatro escorregaram árvore abaixo e saíram correndo para casa, o bumbum de fora no sol.

O GRANDE CIRCO DOS MACACOS DE CABEÇA PARA BAIXO

Agora, é a vez dos macacos.

Os quatro macacos que viviam na jaula do jardim faziam parte da mesma família. O Macaco Simão, a esposa e seus dois filhinhos. Mas por que cargas d'água o Sr. e a Sra. Peste tinham macacos no jardim?

Bem, antigamente, os dois trabalhavam no circo como treinadores de macacos. Eles ensinavam os animaizinhos a fazerem truques, usarem roupas humanas, fumarem cachimbo e várias outras gracinhas.

O GRANDE CIRCO DOS MACACOS DE CABEÇA PARA BAIXO

Eles já estavam aposentados a essa altura, mas o Sr. Peste ainda gostava de treinar macacos. O sonho dele era um dia ser dono do primeiro GRANDE CIRCO DOS MACACOS DE CABEÇA PARA BAIXO do mundo.

Para isso, os macacos precisavam fazer tudo de **CABEÇA PARA BAIXO.** Tinham que dançar de ponta-cabeça (com as mãos no chão e os pés no ar). Tinham que jogar futebol de ponta-cabeça. Tinham que ficar um em cima do outro de ponta-cabeça, o Macaco Simão ficava na parte de baixo e o bebê-macaco, o mais novinho entre todos os macacos, na parte de cima. Precisavam até comer e beber de ponta-cabeça, coisa nada fácil de se fazer porque a comida e a água tinham que *subir* pela garganta em vez de descer. Na verdade, era quase impossível, mas os macacos precisavam conseguir ou tudo iria por água abaixo.

Para nós, isso nem faz muito sentido. Para os macacos também não. Eles odiavam muito ter que ficar de ponta-cabeça todos os dias. Passavam tantas horas de cabeça para baixo que se sentiam tontos. Às vezes, os dois macaquinhos chegavam a desmaiar porque muito sangue ia para a cabeça deles. Mas o Sr. Peste não se importava. Ele fazia os macaquinhos ensaiarem por seis horas todos os dias e, se eles não seguissem suas ordens, a Sra. Peste corria atrás deles, com aquela bengala hedionda.

O PÁSSARO PERNA-GORDA VEM AO RESGATE

Macaco Simão e sua família queriam muito escapar da jaula no jardim do Sr. Peste e voltar para a selva africana de onde vieram.

Eles odiavam o Sr. e a Sra. Peste por terem deixado a vida deles tão triste.

Eles também odiavam os dois pelo que faziam com os passarinhos às terças e quartas-feiras.

— **VOEM, PASSARINHOS!** — gritavam eles, enquanto pulavam na jaula e acenavam. — Não pousem nessa Grande Árvore Morta! Ela está coberta de cola! Voem para outro lugar!

Porém, os pássaros eram ingleses e não entendiam o idioma africano dos macacos. Por isso, eles continuavam pousando na Grande Árvore Morta e sendo capturados pelo Sr. Peste para acabarem na torta de passarinho.

Mas um dia, um pássaro magnífico chegou voando dos céus e pousou na jaula dos macacos.

— **DEUS DO CÉU!** — gritaram todos os macacos de uma vez. — **É O PÁSSARO PERNA--GORDA!** O que você está fazendo aqui na Inglaterra, Pássaro Perna-Gorda?

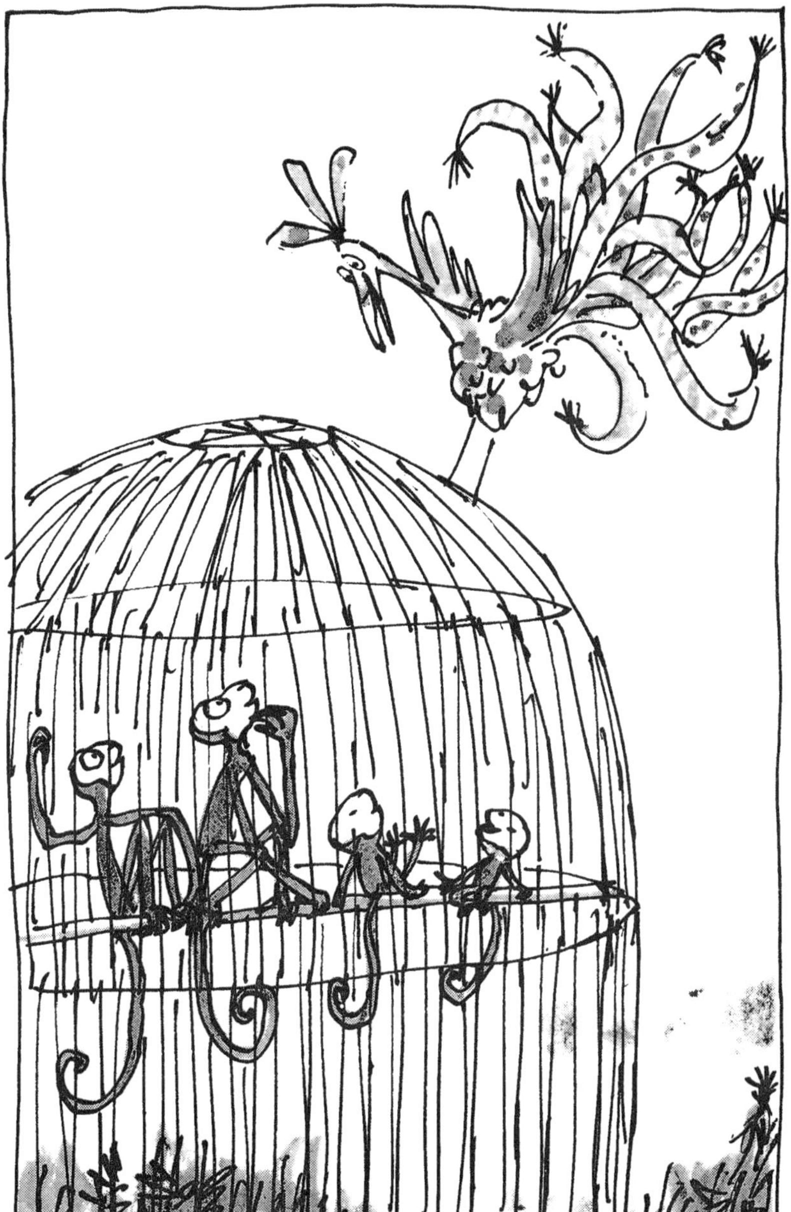

O Perna-Gorda também era de algum país da África e falava o mesmo idioma dos macacos.

— Estou aqui de férias — respondeu o Perna-Gorda. — Gosto de viajar. — O pássaro **AFOFOU** as belas penas coloridas e olhou para baixo, encarando os macacos. — Para a maior parte das pessoas, voar até outro lugar é muito caro, mas eu posso voar para onde quiser sem pagar nada — disse ele.

— Você sabe falar o idioma desses pássaros ingleses? — perguntou o Macaco Simão.

— Óbvio que sei. Não é bom visitar um país sem saber falar o idioma dele.

— Então precisamos nos **APRESSAR** — respondeu o Macaco Simão. — Hoje é terça-feira e já dá para ver o asqueroso Sr. Peste ali na escada, passando cola nos galhos da Grande Árvore Morta. De tarde, quando os pássaros chegarem, você precisa avisar que não podem encostar naquela árvore, ou vão acabar virando recheio de torta.

O PÁSSARO PERNA-GORDA VEM AO RESGATE

Naquela tarde, o Pássaro Perna-Gorda voou pelas redondezas cantando:

A árvore está cheia de cola desde o raiar!

Se nos galhos pousar, nunca mais vai descolar!

Por isso, voem longe de montão!

Ou em recheio de torta se transformarão!

SEM TORTA DE PASSARINHO PARA O SR. PESTE

No dia seguinte, quando o Sr. Peste saiu com sua enorme cesta para coletar os pássaros, não viu nenhum. Estavam todos empoleirados na gaiola dos macacos. O Pássaro Perna-Gorda também estava lá, e o Macaco Simão e a família estavam dentro da jaula, rindo do Sr. Peste.

AINDA SEM TORTA PARA O SR. PESTE

O Sr. Peste não esperaria mais uma semana para jantar torta de passarinho. Ele adorava aquela torta. Era o prato favorito dele. Então naquele mesmo dia, ele foi em busca dos pássaros.

Dessa vez, passou a cola nos galhos da Grande Árvore Morta, e também na parte de cima da gaiola dos macacos.

— Agora eu pego vocês, não importa onde pousarem!

Os macacos se encolheram dentro da jaula e observaram tudo. Quando Perna-Gorda se aproximou planando para um bate-papo vespertino, eles gritaram:

— NÃO POUSE NA GAIOLA!

Está coberta de cola! E a árvore também!

Naquele fim de tarde, durante o pôr do sol, quando os pássaros vinham procurar pouso, Perna-Gorda voou em torno da gaiola dos macacos e da árvore, cantando:

AINDA SEM TORTA PARA O SR. PESTE

A árvore e a gaiola estão cheias de cola desde o raiar!
Se nelas pousar, nunca mais vai descolar!
Por isso, voem longe de montão!
Ou em recheio de torta se transformarão!

O SR. E A SRA. PESTE SAEM PARA COMPRAR ARMAS

No dia seguinte, quando o Sr. Peste saiu com sua grande cesta, não avistou nenhum pássaro na gaiola nem na árvore. Estavam todos felizes no telhado da casa do Sr. Peste. O Pássaro Perna-Gorda também estava lá, e os macacos, dentro da gaiola, se contorciam de tanto rir do Sr. Peste.

— VOU ACABAR COM ESSA RISADINHA DE VOCÊS! —

gritou o Sr. Peste para os pássaros. — Na próxima, pego vocês, seus pássaros peçonhentos pescoçudos! Vou quebrar o pescoço de cada um e enfiar na panela para fazer torta de passarinho!

— Como você vai fazer isso? — perguntou a Sra. Peste, que tinha saído para ver o motivo de todo aquele barulho. — Não quero que você espalhe cola pelo telhado da nossa casa!

O Sr. Peste ficou muito animado.

— Tive uma ótima ideia! — gritou ele. Ele não se preocupou em falar baixinho porque não achava que os macacos entendessem. — Nós vamos à cidade agora mesmo para comprar uma arma cada um! O que acha?

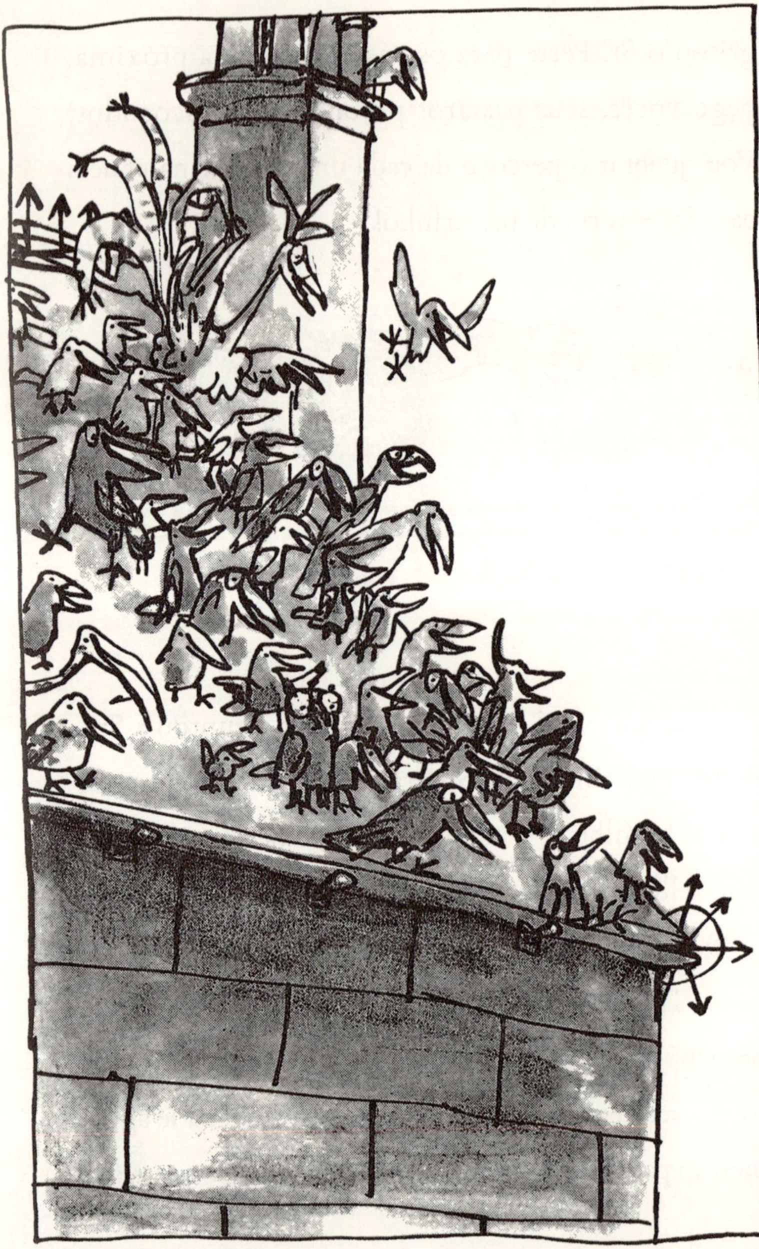

O SR. E A SRA. PESTE SAEM PARA COMPRAR ARMAS

— Genial! — respondeu a esposa, rindo com seus dentes pontudos e amarelados. — Vamos comprar aquelas espingardas grandes que lançam mais de cinquenta balas por disparo!

— Isso mesmo! Pode ir trancando a casa enquanto eu confiro se os macacos estão presos.

O Sr. Peste se virou para a jaula.

— **ATENÇÃO!** — gritou ele com sua voz assustadora de treinador de macacos. — Todos vocês, **DE CABEÇA PARA BAIXO!** Em cima um do outro!

RÁPIDO!

Obedeçam logo ou vocês vão sentir o poder da bengala da Sra. Peste nas costas de vocês!

Obedientes, os pobres macacos plantaram bananeira e subiram um em cima do outro, com o Macaco Simão embaixo e o bebê-macaco no topo.

OS PESTES

— **AGORA, FIQUEM ASSIM ATÉ A GENTE VOLTAR!** — ordenou o Sr. Peste. — Não se atrevam

O SR. E A SRA. PESTE SAEM PARA COMPRAR ARMAS

a se mexer! E não caiam! Vamos voltar daqui a duas ou três horas, e espero encontrar vocês nessa mesma posição! Entenderam?

Com isso, o Sr. Peste saiu marchando. A Sra. Peste foi atrás dele. E os macacos ficaram sozinhos com os pássaros.

O MACACO SIMAO
TEM UMA IDEIA

Assim que o casal desapareceu pela rua, os macacos voltaram a ficar de cabeça para cima.

— RÁPIDO, PEGUE A CHAVE! — disse o Macaco Simão para o Pássaro Perna-Gorda, que estava pousado no telhado da casa.

— Que chave? — perguntou o pássaro.

— A chave da nossa jaula! Está pendurada na parede do barracão. É onde ele sempre guarda.

O Pássaro Perna-Gorda saiu voando e voltou com a chave no bico. O Macaco Simão conseguiu pegar a chave que o Pássaro Perna-Gorda passou por entre as barras.

O MACACO SIMÃO TEM UMA IDEIA

Depois de virar a chave na fechadura, a porta se abriu. Os quatro macacos saíram juntos.

— **ESTAMOS LIVRES!** — gritaram os macaquinhos. — Para onde vamos, pai? Onde vamos nos esconder?

— Não se exaltem — respondeu o Macaco Simão. — Acalmem-se todos. Antes de fugirmos deste lugar tenebroso, temos uma tarefa.

— Qual?

— Vamos virar essa família Peste de

¡CABEÇA PARA BAIXO!

— Vamos fazer *o quê*? — perguntaram todos. — Você deve estar brincando, pai!

— Não estou. Vamos virar o Sr. e a Sra. Peste de **CABEÇA PARA BAIXO**, com as pernas pro ar!

— Não seja ridículo — disse o Pássaro Perna--Gorda. — Como vamos conseguir virar aqueles dois monstros velhos de cabeça para baixo?

— Vamos conseguir, sim! Vamos fazê-los ficar de cabeça para baixo por horas e horas! Talvez para sempre! Eles vão ver só como é, para variar!

— Mas como? — perguntou o pássaro. — Só me diga como.

O Macaco Simão virou a cabeça de lado e deu um sorrisinho.

— De vez em quando, não é sempre, eu tenho uma ideia genial. Essa é uma delas. Sigam-me, meus amigos, sigam-me.

Ele disparou em direção à casa, seguido pelos outros três macacos e o pássaro.

— Baldes e pincéis! — gritou o Macaco Simão. — É disso que precisamos agora! Tem tudo isso na oficina.

VAMOS LÁ, GENTE...

Peguem os baldes e pincéis!

Na oficina do Sr. Peste, eles encontraram um barril enorme da cola pega-forte que era usada para caçar os passarinhos.

— **ENCHAM OS BALDES!** Vamos para a casa deles — ordenou o Macaco Simão.

OS PESTES

A Sra. Peste escondera a chave da porta da frente debaixo do tapete da entrada, e o Macaco Simão tinha visto, por isso foi fácil para eles. Os quatro macacos entraram, com os baldes cheios de cola. Depois o Pássaro Perna-Gorda entrou voando, carregando mais um balde no bico e um pincel nas garras.

A GRANDE PASSADA DE COLA COMEÇA

— Aqui é a sala — disse o Macaco Simão. — A grande e gloriosa sala onde aquelas aberrações andrajosas e assustadoras comem torta de passarinho toda semana!

— Por favor, não me lembre da torta de passarinho — pediu o Pássaro Perna-Gorda. — Me dá ARREPIOS.

— **NÃO TEMOS TEMPO A PERDER!**
— gritou o Macaco Simão. — Vamos logo! O primeiro passo é todo mundo passar cola do teto! Cubram tudo! Todos os cantinhos!

— No teto? Mas por que no *teto*? — perguntaram eles.

— Não se preocupem com o motivo! — exclamou o Macaco Simão. — Façam o que eu falei, sem reclamar!

— Mas como vamos chegar *lá em cima*? Não conseguimos alcançar.

— Macacos conseguem alcançar qualquer lugar! — gritou o Macaco Simão. Ele estava todo animado, balançando o pincel e o balde e pulando pela sala.

— Vamos logo! **VAMOS LOGO!**
SUBAM na mesa!
Subam nas **CADEIRAS!**
SUBAM no ombro do seu amigo!
Perna-Gorda, você pode **VOAR!**
Não fiquem aí **EMBASBACADOS!**
Temos que **CORRER**, não entenderam? Aqueles **PESTES TERRÍVEIS** vão chegar a qualquer

momento e agora eles terão *armas*! Comecem logo, por Deus!

DEPRESSA!

E assim, a grande colagem começou. Todos os pássaros que estavam pousados no telhado vieram ajudar, carregando baldes e pincéis em seus bicos e garras. Vieram abutres, pegas-rabudas, gralhas, corvos, e muitos outros. Todos espalhavam a cola com muito afinco e, com tanta ajuda, terminaram rápido.

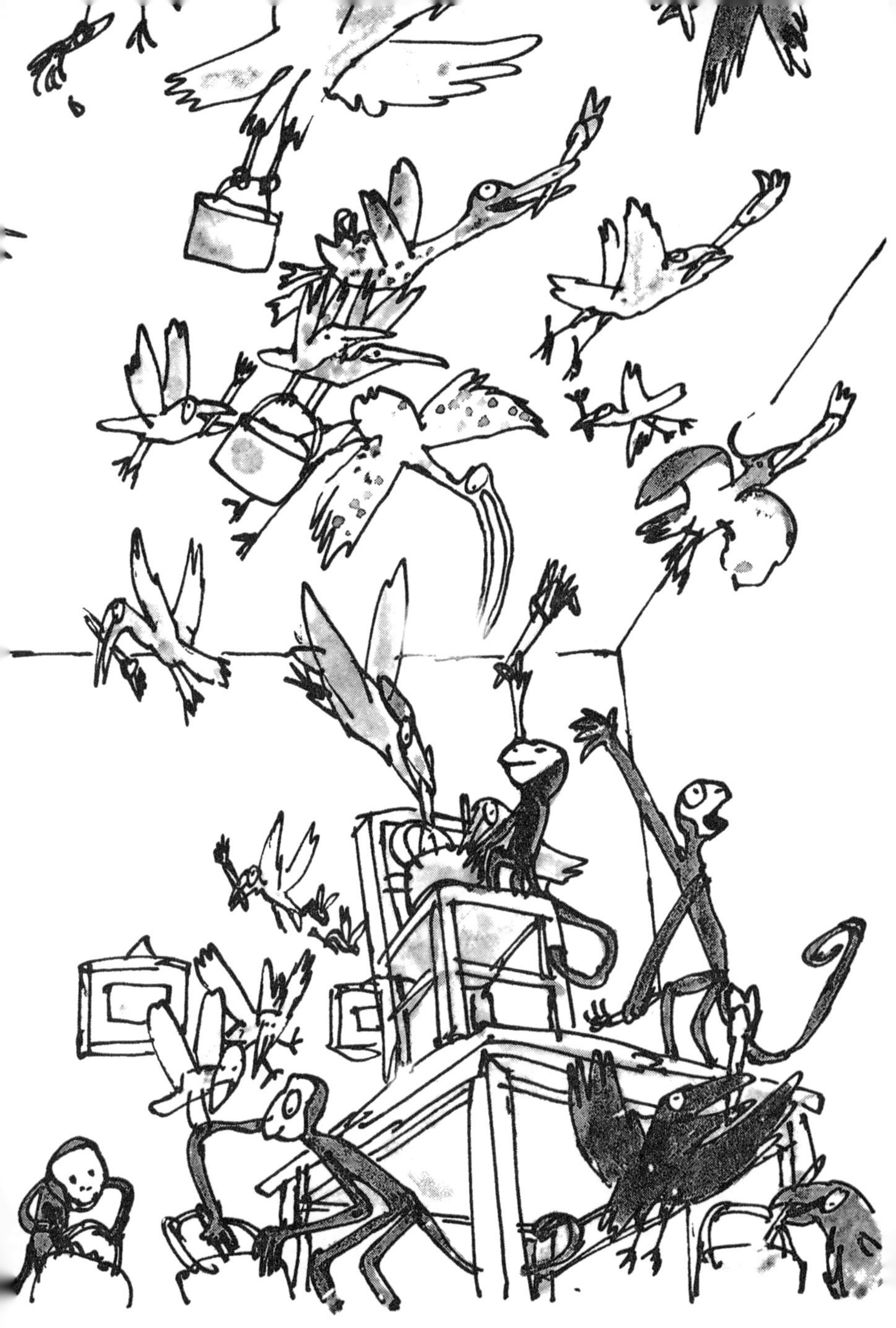

O CHAO VAI PARAR
NO TETO

— E agora? — perguntaram todos, encarando o Macaco Simão.

— Arrá! — gritou ele. — Agora a parte divertida! O maior truque de inversão de todos os tempos! Estão prontos?

— **ESTAMOS PRONTOS!** — responderam os macacos.

— **ESTAMOS PRONTOS!** — repetiram os pássaros.

— Puxem o tapete! — gritou o Macaco Simão.

— Puxem esse tapete enorme de baixo dos móveis e colem no teto!

— No *teto*! — gritou um dos macaquinhos. — Mas é impossível, papai!

— Vou colar *você* no teto se não ficar quieto! — esbravejou o Macaco Simão.

— ELE ESTÁ CADUQUINHO! — disse ele.

— ELE ESTÁ LELÉZINHO!

— Ele está doidinho!

— Ele está maluquinho!

— Ele está piradinho! — gritou o Pássaro Perna-Gorda. — O pobre Macaco Simão perdeu os parafusos de vez!

— Ah, parem de gritar besteiras e me ajudem aqui — desembestou o Macaco Simão enquanto pegava um canto do tapete. — Puxem, seus patetas, puxem!

O tapete era enorme. Ele cobria a sala toda, de parede a parede. O desenho era vermelho e dourado. Não era fácil puxar um tapete tão grande do chão quando a sala estava cheia de mesas e cadeiras.

—PUXEM! — Gritou o Macaco Simão.

—PUXEM, PUXEM, PUXEM!

Ele parecia um ditador pulando pela sala e mandando em todo mundo. Mas não dava para culpá-lo. Depois de tantos meses de cabeça para baixo com a família, ele não via a hora de ver os terríveis Pestes de cabeça para baixo também. Pelo menos era o que ele esperava.

Com os macacos e os pássaros **PUXANDO** e **BUFANDO**, o tapete foi tirado do chão e finalmente içado até o teto. E lá ficou.

De repente, o teto inteiro da sala estava coberto por um tapete vermelho e dourado.

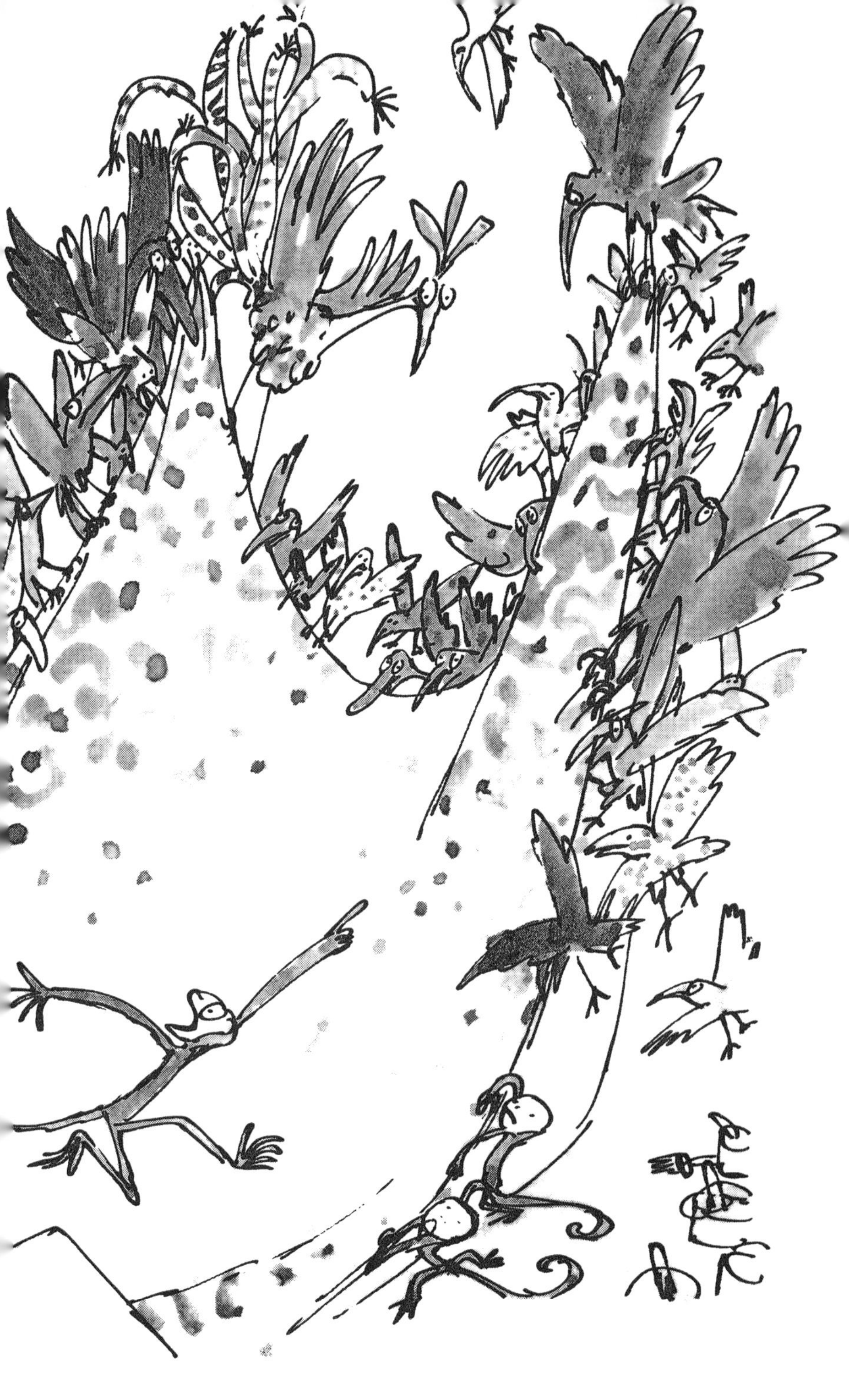

OS MÓVEIS VAO PARA CIMA

—Agora é hora da MESA **GRANDONA!** — gritou o Macaco Simão. — Virem a mesa de ponta-cabeça e passem cola. Ela vai ser grudada no teto também!

OS MÓVEIS VÃO PARA CIMA

Colocar a grande mesa de ponta-cabeça no teto não foi uma tarefa fácil, mas eles acabaram conseguindo.

— Ela vai ficar grudada lá? A cola é forte o suficiente para aguentar o peso? — perguntaram.

— É a cola mais forte do mundo! — respondeu o Macaco Simão. — É a cola especial que serve para grudar passarinhos em árvores.

OS PESTES

— **POR FAVOR,** já pedi para você não tocar nesse assunto — pediu o Pássaro Perna-Gorda. — Como *você* se sentiria se eles fizessem torta de macaco toda quarta-feira e seus amigos tivessem sido cozidos e eu não parasse de falar disso?

OS MÓVEIS VÃO PARA CIMA

— Peço desculpas — disse o Macaco Simão. — Estou tão animado que nem sei mais o que estou dizendo. Agora as cadeiras! Façam o mesmo com as cadeiras! Precisamos colar os pés de todas as cadeiras no teto! E no lugar certo! Ah, apressem-se todos! A qualquer momento aqueles dois estranhos encardidos vão chegar com as armas!

Os macacos, com a ajuda dos pássaros, passaram cola nos pés das cadeiras e colaram todas elas no teto.

— AGORA AS **MESINHAS!** —

gritou o Macaco Simão.

— E o **SOFÁ GRANDE!**

E a MESINHA DE CANTO!

E os **ABAJURES!**

E TODAS AS COISINHAS!
OS CINZEIROS!

OS ENFEITES!

E aquele gnomo horroroso de plástico ali do lado! Tudo, tudinho mesmo tem que estar colado no teto!

Foi um trabalho muito cansativo. A parte mais difícil foi arrumar tudo no teto na mesma posição em que estavam no chão. Mas no fim das contas, conseguiram.

— E agora? — perguntou o Pássaro Perna-Gorda. Ele estava sem ar e tão cansado que quase não conseguia bater as asas.

— Agora as fotos! — gritou o macaco. — Virem todas as fotos de cabeça pra baixo! Um dos pássaros pode, por favor, dar uma voltinha lá na rua para avisar quando os estranhos encardidos estiverem voltando.

— Eu vou — disse o Pássaro Perna-Gorda. — Vou ficar de vigia nos fios da rede telefônica. Assim descanso um pouco.

OS CORVOS ATACAM

Eles tinham acabado de colar tudo quando o Pássaro Perna-Gorda chegou voando e gritando:
— **ELES ESTÃO VINDO! ELES ESTÃO VINDO!**

Bem depressa, os passarinhos voaram de volta para o teto da casa. Os macacos voltaram para a gaiola e ficaram de cabeça para baixo, um em cima do outro. Pouco depois, o Sr. e a Sra. Peste chegaram trotando pelo jardim, cada um deles carregava uma arma assustadora.

— Que bom que eles continuam de cabeça para baixo — disse o Sr. Peste.

— Eles são burros demais para fazer qualquer outra coisa — disse a Sra. Peste. — Ei, olha só, todos esses pássaros atrevidos ainda estão empoleirados no telhado! Vamos entrar e carregar nossas belas armas novas, e depois

BANG BANG BANG

torta de passarinho no jantar.

Quando os Pestes estavam prestes a entrar em casa, dois corvos pretos deram **UM RASANTE** perto da cabeça deles. Cada pássaro carregava um pincel nas garras, e cada pincel estava cheio de cola. Os corvos sobrevoaram o casal e passaram uma camada de cola na cabeça deles. Apesar de terem sido sorrateiros, os Pestes perceberam.

— O que foi *isso*? — perguntou a Sra. Peste. — Algum pássaro nojento está fazendo caca na minha cabeça!

— Na minha também! — gritou o Sr. Peste. — Eu senti! Eu senti!

— Não passe a mão! — exclamou a Sra. Peste. — Vai espalhar tudo! Lave na pia lá dentro.

—ESSES IGNORANTES IMUNDOS E IM-BECIS— continuou gritando o Sr. Peste. — Aposto que fizeram de propósito! Espere só até eu carregar a minha arma!

A Sra. Peste pegou a chave de baixo do tapete (o Macaco Simão tinha escondido no mesmo lugar de antes com muito cuidado) e os dois entraram na casa.

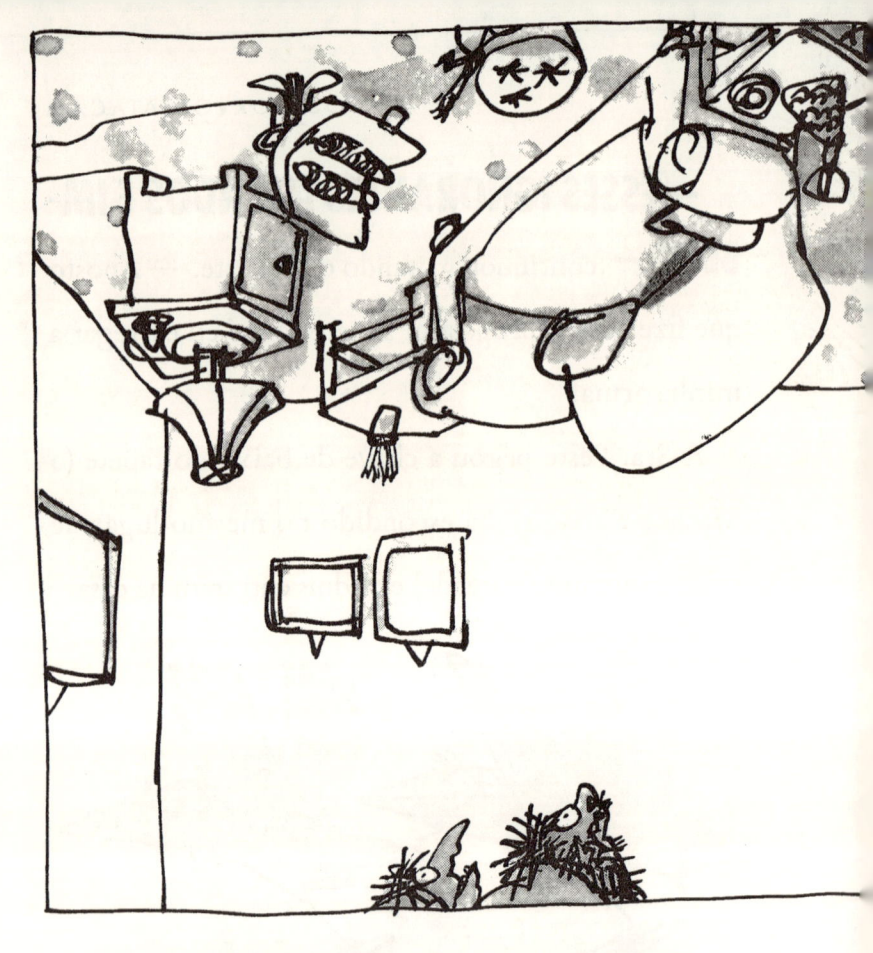

OS PESTES FICAM DE CABEÇA PARA BAIXO

— *O que é isso?* — perguntou o Sr. Peste, assustado, enquanto entravam na sala.

Os dois ficaram parados no meio da sala, olhando para cima. Todos os móveis, a mesa de jantar, as cadeiras, o sofá, os abajures, as mesinhas de canto, o bar com as garrafas de cerveja, os enfeites, o aquecedor, o tapete, tudo estava no teto, de ponta-cabeça. As fotos estavam de cabeça para baixo nas paredes.

OS PESTES

E o piso em que eles estavam, não tinha nada. Pior, foi pintado de branco para parecer com o teto.

—OLHA SÓ!
— gritou a Sra. Peste.

— Lá está o CHÃO! O chão está lá em cima!

Aqui é o teto! Estamos **ANDANDO NO TETO!**

—ESTAMOS DE CABEÇA PARA BAIXO—

exclamou o Sr. Peste.

OS PESTES FICAM DE CABEÇA PARA BAIXO

—SÓ *podemos* ESTAR DE CABEÇA PARA BAIXO.

Estamos ANDANDO no teto e olhando PARA O CHÃO!

— Ah, minha nossa! Alguém nos ajude! Socorro! Estou ficando tonta!

— Eu também! Eu também! — gritou o Sr. Peste. — Não gosto nada disso!

— Estamos de cabeça para baixo e o sangue está descendo para o meu cérebro! — continuou a Sra. Peste. — Se não fizermos algo logo, vamos morrer, tenho certeza!

—Já sei! Já sei o que devemos fazer! *Vamos plantar bananeira, desse jeito vamos ficar na posição certa*!

E foi o que fizeram, e é óbvio que, quando cocuruto deles tocou o chão, a cola que os corvos tinham passado fez o que tinha que fazer. Eles ficaram colados. Estavam grudados, de cabeça para baixo, presos ao chão.

Os macacos assistiam à cena por uma frestinha na porta. Eles saíram da jaula assim que os Pestes entraram na casa. E o Pássaro Perna-Gorda também. Além dos outros pássaros que se juntaram a eles para dar uma espiada naquela cena maravilhosa.

OS PESTES FICAM DE CABEÇA PARA BAIXO

A FUGA DOS MACACOS

Naquela tarde, Macaco Simão e sua família foram para o grande bosque no topo da colina e, na árvore mais alta de todas, construíram uma maravilhosa casa.

Todos os pássaros, principalmente os maiores, os corvos, as gralhas e as pegas-rabudas, fizeram seus ninhos ao redor da casa na árvore, então ninguém que estivesse no chão conseguiria ver a casa.

— Vocês não podem ficar aqui para sempre, sabiam — disse o Pássaro Perna-Gorda.

— Por que não? — perguntou o Macaco Simão. — É um lugar ótimo.

— Espere até o inverno chegar — avisou o pássaro.

— Os macacos não gostam de clima frio, não é?

— Com certeza, não! O inverno é muito rigoroso por aqui?

— Fica tudo coberto de neve e gelo. Às vezes fica tão frio que os passarinhos acordam com as garras congeladas no galho onde estavam empoleirados.

— Então o que a gente faz? Minha família vai **CONGELAR!**

— Não vão, não. Porque quando as primeiras folhas começarem a cair das árvores, no outono, vocês podem voar de volta para a África, comigo.

— Não seja ridículo. Macacos não conseguem voar.

— Vocês podem ir nas minhas costas — disse o Pássaro Perna-Gorda. — Levo vocês rapidinho. Vão viajar com a linha aérea do Perna-Gorda sem gastar nem um centavo!

OS PESTES SOFREM DE ENCOLHIMENTO

E lá naquela casa horrível, o Sr. e a Sra. Peste ainda estavam grudados de cabeça para baixo no chão da sala.

— É tudo culpa sua! — gritou o Sr. Peste, balançando as pernas no ar. — Foi *você*, sua vaca velha e feia, que saiu por aí gritando: "Estamos de cabeça para baixo! Estamos de cabeça para baixo!"

— E foi *você* quem falou que a gente devia plantar bananeira para achar a posição certa, seu **JAVALI VELHO!** — berrou a Sra. Peste. — Agora nunca mais ficaremos livres! Vamos ficar presos aqui para sempre!

OS PESTES

— *Você* pode ficar presa aqui pra sempre, mas não eu! Eu vou sair!

O Sr. Peste se CONTORCEU e se **RETORCEU,**
se VIROU e se **REVIROU,**
se MEXEU e **REMEXEU,**
se PUXOU e se **REPUXOU,**

mas a cola o prendeu ao chão com a mesma firmeza com que havia prendido os pobres pássaros na Grande

Árvore Morta. Ele continuava de cabeça para baixo, plantando bananeira.

Mas cabeças não foram feitas para servirem de apoio para o corpo. Permanecer assim por muito tempo gera consequências terríveis, e foi por causa disso que teve início o maior pesadelo do Sr. Peste. Com tanto peso, a cabeça começou a entrar no corpo.

Bem rápido, a cabeça desapareceu, entrou bem fundo nas dobrinhas gordas do pescoço dele.

— Estou encolhendo! — exclamou o Sr. Peste.

— Eu também! — respondeu a esposa.

— **ME AJUDE! ME SALVE! CHAME UM MÉDICO!** — gritou o Sr. Peste.

— Peguei o **TERRÍVEL ENCOLHIMENTO!**

E ele tinha mesmo. A Sra. Peste também tinha pegado o terrível encolhimento! E dessa vez não era mentira. Era sério!

As cabeças foram parar DENTRO

dos **PESCOÇOS**...

Os pescoços foram parar DENTRO

dos **CORPOS**...

E os corpos foram parar DENTRO

das **PERNAS**...

E as pernas foram parar DENTRO

dos **PÉS**...

E uma semana depois, em uma tarde de sol, um homem chamado Fred chegou para fazer a medição de gás. Como ninguém atendeu a porta, Fred espiou dentro da casa e viu, no chão da sala, duas montanhas de roupas, dois pares de sapato e uma bengala. Não restara mais nada do Sr. e da Sra. Peste.

E todo mundo, inclusive Fred, gritou:

— VIVA!

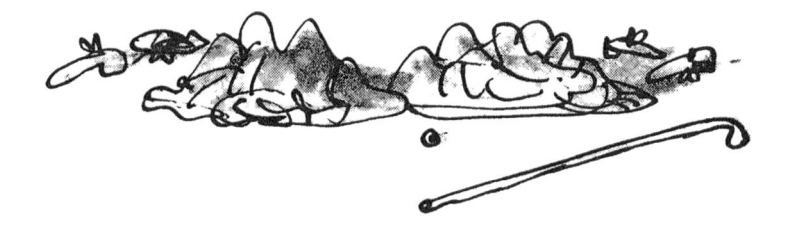

Este livro foi composto na tipografia Bembo Book Mt Std,
em corpo 14/21, e impresso em
papel off-white no Sistema Cameron da
Divisão Gráfica da Distribuidora Record.